EL BARCO DE VAPOR

Con la cabeza a pájaros

José Antonio del Cañizo

Primera ediciín: marzo 1988
Decimosexta ediciín: julio 2005

Dirección editorial: Elsa Aguiar
Colección dirigida por Marinella Terzi
Ilustraciones y cubierta: Federico Delicado

© José Antonio del Cañizo, 1988
© Ediciones SM
Impresores, 15
Urbanización Prado del Espino
28660 Boadilla del Monte (Madrid)
www.grupo-sm.com

Centro Integral de Atención al Cliente
Tel.: 902 12 13 23
Fax: 902 24 12 22
clientes@grupo-sm.com

ISBN: 84-675-0125-1
Depósito legal: M-23721-2005
Impreso en España/*Printed in Spain*
Imprenta SM

Queda prohibida, salvo excepción prevista en la Ley, cualquier forma de reproducción, distribución, comunicación pública y transformación de esta obra sin contar con la autorización de los titulares de su propiedad intelectual. La infracción de los derechos de difusión de la obra puede ser constitutiva de delito contra la propiedad intelectual (arts. 270 y ss. del Código Penal). El Centro Español de Derechos Reprográficos vela por el respeto de los citados derechos.

También para Marisa

1 ¡Vamos a divertirnos!

—¡Vamos a divertirnos! –canturreaba Julia.

—¡Vamos con el abuelo! –gritaba Trompo.

Los dos hermanos corrían alegremente por las aceras.

¡Se lo iban a pasar bomba!

Ella iba dando brincos, pues jugaba a pisar las baldosas azules y saltar las blancas. Él extendía sus brazos como las alas de un avión e imitaba el rugido del motor, con los carrillos inflados.

Dieron la vuelta a la esquina a toda velocidad. Al fondo de la calle estaba la residencia de ancianos donde vivía el abuelo.

Trompo lanzó un desafío:

—¡El que llegue el último invita a caramelos!

Su hermana mayor, que tenía las piernas más largas, le sacó ventaja enseguida. El rechoncho Trompo, jadeando, llegó tras ella al portal. Julia llamó al timbre.

Trompo se remetió apresuradamente los faldones de la camisa, que se le habían salido de tanto correr. Se secó el sudor con el dorso de la mano. Estaba colorado como un tomate.

Julia se atusó el pelo y escondió la botella de moscatel en su rebeca.

Les abrió Jenaro, un hombretón huraño que hacía de portero, chófer y especialista en reparar todo lo que se estropeaba en la residencia.

—También es mala suerte –solía decirles el abuelo a los demás ancianos–. A los únicos que no consigue arreglar es a nosotros.

—Pasad, pasad –les dijo Jenaro–. Vuestro abuelo está en el salón.

Algunos ancianos dormitaban. Otros miraban la televisión o jugaban a las cartas. El abuelo, sentado en su sillón favorito, tallaba con la navaja una gruesa corteza de pino.

—Hola, hola –saludó Julia.

—¿Qué es eso? ¿Qué estás haciendo? –se interesó Trompo enseguida.

Él alzó la figura a medio tallar ante los ojos de sus nietos, mientras los saludaba:

—¿Qué tal, chicos? Es para vosotros. ¿Todavía no se nota lo que es?

—Sí –adivinó Julia–. Una de esas estatuas grandotas de la isla de Pascua.

El abuelo sonrió complacido.

Trompo le señaló la rebeca de su hermana y susurró:

—Toca, toca.

Al palpar en su interior la botella, el rostro del anciano se iluminó. Miró alrededor por si alguien los observaba y les indicó, con el dedo en los labios, que guardasen silencio.

Y, de pronto, los tres se quedaron espantados.

Una monja había irrumpido en el salón como una tromba, con un serrucho enorme en una mano. Se dirigía hacia ellos a grandes zancadas.

Los niños miraron al abuelo. Al ver que se había puesto blanco, se asustaron todavía más. ¿Qué significaría aquello? ¿Qué intenciones llevaría la monja?

Pero el abuelo escondió rápidamente la botella bajo el sillón, y ellos comprendieron que lo que le atemorizaba era que la monja descubriera el moscatel.

Él, en cambio, advirtió que la alarma de sus nietos se debía a la actitud y armamento de la monja, y se apresuró a explicarles:

—Es que sor Ernestina viene a rebajar las sillas.

En efecto, la monja, con gestos rápidos y eficaces, emprendió una curiosa tarea: le dio unos golpecitos en el hombro al primer anciano con quien se topó, que estaba amodorrado. Le indicó que se levantase de la silla. Cogió esta y, manejando el serrucho con gran habilidad, acortó un poco las cuatro patas. Devolvió su asiento al anciano, e hizo levantarse a otro para repetir la operación en un santiamén.

Los niños la miraban, estupefactos.

El abuelo, levantándose, les dijo:

—Será mejor que nos vayamos a mi cuarto.

Y, mientras caminaban por el pasillo, les fue desvelando aquel misterio.

2 *Las sillas que crecen*

—¿No sabéis lo que ha pasado con las sillas?

—No.

—Ni idea.

—Pues, sencillamente, que antes teníamos unas viejísimas y destartaladas, y ahora nos han hecho estas nuevas.

—Bueno, ¿y qué? –preguntó Julia, que cada vez entendía menos aquello.

—Las antiguas se rompían continuamente. Siempre estábamos cayéndonos y fracturándonos clavículas y cosas de esas. Así que decidieron comprar sillas nuevas. Se las encargaron con mucha urgencia a un carpintero.

Las hizo deprisa y corriendo, y el primer día...

Hizo una astuta pausa.

—¿Qué? ¿Qué pasó el primer día? –preguntó Trompo.

—Las estrenamos la mar de contentos. Nos sentamos tranquilamente a ver la tele, echar una cabezadita, leer el periódico... Y resultó que, con tantas prisas, el carpintero no había dejado secar bien la madera. Debía de ser de unos chopos muy jóvenes, en edad de crecer, como vosotros. Por cierto: ¡qué estirón habéis dado últimamente! ¡Qué bárbaro! Estáis altísimos. Pronto estaréis más altos que yo...

—Sí, pero ¿qué pasó? –quiso saber Trompo, que correteaba alrededor de él, pasillo adelante, bebiendo sus palabras.

—Pues que estábamos tan abstraídos, cada uno en lo nuestro, que no nos dimos cuenta de que las patas de las sillas iban creciendo, creciendo, creciendo... ¡Menudo estirón dieron a lo largo de la tarde! Y, unos embobados con la televisión, otros enfrascados en la

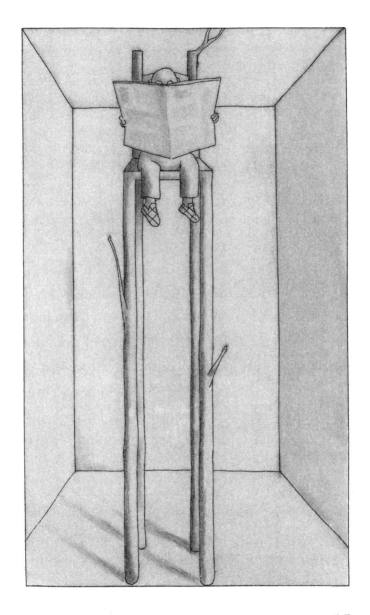

lectura, los demás dando cabezadas, nos fuimos elevando muy despacito, muy despacito... Hasta que a Ramiro le entraron ganas de ir a cierto sitio, se levanto y, ¡fffffsssssss!, trazó una vertical perfecta.

En ese punto del relato, llegaron a la habitación. Entraron y él continuó:

—Entonces nos dimos cuenta de que estábamos casi junto al techo, con las piernas colgando. ¡Qué gritos! ¡Qué caras de susto! ¡Qué histéricos se pusieron todos! Y, sin embargo, bien mirado, aquello resultaba muy bonito: las altas patas de las sillas formaban una chopera de arbolillos jóvenes. En ellos brotaban unas yemas cubiertas de pelusa, y las primeras hojas, verdes, relucientes... El salón olía a bosque. Entraron unos pájaros, que se pusieron a revolotear alrededor de las sillas.

Mientras lo contaba, el abuelo fruncía la nariz, como aspirando de nuevo aquel aroma. Los niños le imitaron, instintivamente.

—Pero sor Ernestina, tan activa como siempre, entro en acción sin pérdida de tiempo. Trajo una escalera y nos fue rescatando uno a uno. Luego, corrió a buscar una cinta métrica y un serrucho. Nos midió las piernas a todos. Cortó las patas de las sillas a la altura adecuada. Y, como lo aprovecha todo, llamó a Jenaro y plantaron en el patio los trozos de patas que sobraban. ¡Mirad cómo están ya! Da gloria verlos.

Y señaló por la ventana.

Una larga fila de álamos jóvenes destacaba ante la tapia.

—¡Ooooh! –exclamaron asombrados Julia y Trompo.

—Desde entonces –concluyó el abuelo–, todos los viernes tiene que darle otra poda a las sillas.

Trompo le miraba con los ojos brillantes. Pensaba: "¡Qué estupendo habría sido estar montado en una de aquellas sillas crecientes! ¡Menuda lástima no haber estado aquí aquella tarde!".

El abuelo escondió el moscatel. Se quitó la camisa y se quedó en camiseta. Cogió unas pesas de gimnasia que estaban sobre el lavabo. Estiró los brazos y empezó a subirlos y bajarlos, muy animoso, poniendo cara de atleta.

A las tres o cuatro veces soltó un bufido de agotamiento, tiró las pesas a un rincón y gruñó:

—Sesenta años intentándolo, y nunca he conseguido llegar a las veinte veces que decía el libro. Bueno, algún día lo lograré.

Suspiró. Se secó el sudor con los visillos. Se sentó en la cama. Pareció recordar algo y preguntó:

—¿A que no sabéis lo que descubrí aquella misma noche?

—¿Qué descubriste? –dijo Trompo muy intrigado.

El abuelo puso voz de ir a hacerles una gran revelación, y dijo:

—Que no todas las sillas nuevas habían ido a parar al salón.

—¿Y qué? ¿Qué importancia tiene eso? –se encogió de hombros Julia, muy decepcionada.

—Muchísima.

—¿Por qué? –pregunto Trompo, desconcertado.

—Habían puesto todas las sillas en el salón, menos dos que dejaron en la sala de visitas. Las vi después de cenar. Por alguna razón esas dos no habían crecido. Quizá porque en el salón entraba la brisa y en cambio allí se sentían como enjauladas. No lo sé. El caso es que allí estaban, la mar de modosas, muy quietecitas. Seguramente procederían de dos árboles gemelos que habían pasado juntos toda su infancia. Y se me ocurrió preguntarme: "¿Hasta que altura crecerían si no las podaran? ¡Sería maravilloso verlo!".

—¿Y qué hiciste entonces? –quiso saber Julia.

Estaba segura de que no se había quedado cruzado de brazos.

El abuelo les indicó con el dedo que se acercasen. Ellos situaron sus caras a unos cinco milímetros y medio de la suya, y él se lo contó todo, en voz muy baja:

—Mientras todos dormían, yo me removía en la cama. Estaba muy contento. "¿Y si dan el estirón en plena noche y me lo pierdo?", pensaba. No pude resistir más la impaciencia. Me puse la bata y saqué las dos sillas al patio. No podía hacer la prueba dentro, porque podrían topar con el techo. Y yo quería ver, precisamente, cuánto serían capaces de crecer dejándolas en libertad. ¡Resultó fantástico! No os lo podéis imaginar...

Apoyó las manos en los hombros de sus nietos y continuó:

—Coloqué las dos sillas muy juntas. Me senté en una a esperar. Había luna llena. Corría una brisa agradable y todo era silencio. Notaba mis pies apoyados en tierra, y mi espalda en el respaldo. Oía los grillos. Me invadía una gran paz.

»Las sillas, que habían estado encerradas en la carpintería y luego en la sala, parecieron espabilarse con el airecillo nocturno. ¡Les hervía la savia en las venas! ¡Ardían en deseos de vivir! Sentí que las recorría un estremecimiento de júbilo, como cuando a unos potros les abren la puerta del establo para que galopen a sus anchas.

»Y, de pronto, noté que las plantas de mis pies empezaban a separarse del suelo. ¡Habíamos iniciado el despegue! Miré la otra silla. Seguía inmóvil, mientras la mía continuaba elevándose lentamente. Yo tenía ya mis pies a la altura de las ventanas de la planta baja cuando ella pareció reaccionar. ¿Qué era aquello de que su hermana creciese y ella no?

»Comenzó la carrera. La otra silla subió hacia mí, ansiosamente. La mía se picó y subió un metro de golpe. ¡A punto estuvo de descabalgarme! Me agarré al respaldo. Mi corazón también iba al galope. Sentía cosquillas en la barriga, como a veces me ocurre en los ascensores.

»Miré hacia abajo y vi que en las patas de las sillas brotaban yemas que se abrían, ansiosas, como para beber la noche.

»La otra dio un acelerón y nos alcanzó. De un salto, cambié de cabalgadura, como hacen en las películas del Oeste. Mi nuevo asiento se animó y subió triunfalmente hasta la ventana del segundo piso. Vi a Casimiro durmiendo a pierna suelta. Sus periquitos se despertaron y me miraron, sorprendidísimos, desde la jaula.

»Llegamos a la altura del alero. El gato de la residencia paseaba por el tejado y se me acercó. La otra silla se nos emparejó en aquel momento. El gato saltó a ella. Seguimos subiendo, ya más lentamente. El gato maullaba, encantado. Varios compañeros suyos se acercaron al alero y nos contemplaron, boquiabiertos.

»Las sillas parecieron calmarse. Yo estaba rodeado de ramillas nuevas, llenas de hojas verdes y plateadas. Olía a savia fresca. El gato se había enroscado en su asiento y dormía placidamente. Las sillas también parecían dormir, después de la carrera. La brisa jugaba con los faldones de mi bata. Yo miraba el paisaje, al otro lado de las tapias. Balanceaba las piernas. Canturreaba en voz muy baja. Y veía cómo empezaba a amanecer.

El abuelo calló y se quedó ensimismado.

Trompo y Juli se asomaron a la ventana, sacando medio cuerpo fuera.

¡Allí estaban!

Un grupito de ocho esbeltos álamos crecía junto a la fachada. Había que aguzar la vista para distinguir, allá arriba, dos asientos con sus respaldos. Estaban cubiertos de hojas temblorosas. En uno de los asientos, un pájaro construía su nido.

Trompo le dio unas palmaditas en el dorso de la mano a Julia y le dijo, con aire soñador:

—Un día subiremos allí, ¿querrás?

3 El ahogado que vivía felizmente

En esas estaban cuando sonó el teléfono. Trompo y Juli abandonaron la ventana sorprendidísimos.

Sabían perfectamente que en aquella habitación no había teléfono.

Y, sin embargo, sonaba:

—Riiinnnggg... Riiinnnggg... Riiinnnggg...

Los tres observaron, estupefactos, la estantería de donde brotaban aquellos inesperados timbrazos.

Estaba llena de cachivaches: libros apolillados, cajas de galletas, una bola de cristal con una casita dentro sobre la cual nevaba al agitar la bola, un viejo molinillo de café, el álbum de sellos, una caracola grande, varias estrellas de mar, una caja de mariposas y mil trastos más.

Los niños se quedaron de una pieza al ver que el abuelo se acercaba a la estantería y alargaba el brazo hacia la caracola.

¡Lo que estaba sonando era la caracola!

—Riiinnnggg... Riiinnnggg.

El abuelo "descolgó". Se puso la caracola junto al oído y dijo:

—Dígame... Sí, diga, diga... Soy yo. ¿Quién es? ¿Cómo dice?

Los hermanos corrieron junto a él, mientras comentaban:

—Pero, Juli, ¿qué es esto?

—Trompo, ¡qué cosas!

El abuelo les indicó por gestos que se callasen, y dijo:

—No me dejáis oír. No hagáis ruido, que se oye fatal. Hay un rumor como de oleaje.

Los niños guardaron silencio y aguzaron el oído, cogidos de la mano... De dentro de la caracola salía una voz, como si viniera del otro extremo de la línea telefónica.

El abuelo puso cara de alegría y exclamó:

—Pero ¿es posible? Benito, ¿de verdad que eres tú? Entonces ¿no estás muerto?

Los niños oían que el otro hablaba, pero no llegaban a entender sus palabras. Como solo podían oír las del abuelo, el dialogo resultó así:

—Pero ¿es que no te ahogaste en la playa?

—...

—Pues no sabes la alegría que me das, Benito.

—...

—¡Chico, qué sorpresa más agradable! De verdad, ¡qué alegrón me he llevado! Aquí todos nos quedamos convencidos de que te habías ahogado. Como te metiste tan adentro y había unas olas tan tremendas... Eras un poco alocado, ¿eh? Oye, pues nos llevamos un berrinche al ver que no salías del agua... Nos quedamos hechos polvo. Y te hicimos un funeral precioso. Todos llorando a mares... ¡Lo que habrías disfrutado viéndolo! Pero, a todo esto, ¿desde dónde me llamas?

—...

—¡No me digas! ¿Desde el fondo del océano? –silbó y sacudió la mano–. Pero ¿de qué océano?

—...

—Ah, claro, del Atlántico. Qué tonto soy. Si te ahogaste en La Coruña. Bueno, ¿y qué tal se está por ahí?

—...

—Tan ricamente, ¿eh? Y de respirar, ¿qué?

—...

—¿Que a todo se acostumbra uno? Ah, bueno, pues entonces estupendo. Te encontrarás como pez en el agua.

—...

—¿Cóoomo? ¿Que te has casado con una sirena? ¡No me lo puedo creer! ¿De verdad, de verdad? Pues eso sí que les va a costar trabajo creérselo a los demás... ¿Y es guapa?

—...

—Conque muy guapa, ¿eh, picarón? Y muy simpática...

—...

—Ya, que huele un poco a pescado... Bueno, pero como dices que a todo se acostumbra uno...

—...

—¿Qué? No te he entendido.

—...

—¿Que tenéis tres hijos? ¡Atiza, qué sorpresa!

—...

—¿Y cómo se llaman?

—...

—Sí, lo he entendido: Benito como su padre, Madrépora Tornasol como su madre... Es muy bonito. ¿Y qué más?

—...

—Es que no lo había oído bien. Neptunito como su abuelo. Muy bien, pues enhorabuena. Oye, y de tu reúma ¿cómo andas? Porque ahí, con ese clima...

—...

—¡No me lo puedo creer! ¿Mano de santo?

—...

—¿Totalmente curado? ¿De veras? Si cuando estabas aquí no hacías más que quejarte de lo húmedas que eran las habitaciones... Estábamos hartos de oír que te quejabas del reúma a todas horas. Si eras el más quejica del asilo... Vivir para ver...

—...

—¿Cómo dices? Es que con ese ruido de fondo no te entiendo. ¿De qué es ese ruido?

—...

—¡Caramba! ¿Así que eso es lo que suena continuamente? Benito, ¡es fantástico! Cómo me gustaría estar allí... ¿De verdad que se está tan a gusto?

—...

—¡Es formidable! ¡La Corriente del Golfo! ¡El Gulf Stream! Vivir justo debajo del Gulf Stream... ¡Y yo que solo lo he visto en los libros de geografía! Pues estarás encantado. Y, claro, como es una corriente de aguas cálidas, estás en la gloria y se te ha quitado el reúma... Si es que eso tiene que ser estupendo. Como una sauna de coral. Oye, por cierto, ¿tú te acuerdas de Venancio?

—...

—Venancio, el viejo lobo de mar. Ah, no, no puedes recordarlo. Cuando él vino a la residencia, tú ya te habías ahoga..., digo, tú ya no estabas aquí. Bueno, pues a lo que iba: en cuanto llegó dijo que, como se había pasado la vida en alta mar, le gustaría que le dieran la habitación más húmeda de todo el asilo. Todos queríamos cederle la nuestra. Se instaló en la más húmeda de todas y, ¡si vieras!, resulta precioso...

—...

—La habitación y todo lo que tiene dentro. Un timón, un farol de barco, unas redes colgando y muchas cosas marineras. Y, con la humedad que hay allí, todo el somier se le ha llenado de mejillones. ¡Hace más bonito! Y en vez de tener un gato, tiene un cangrejo. Habríais hecho muy buenas migas vosotros dos.

—...

—Perdona. Tienes razón. Estas conferencias deben de costar un ojo de la cara. Es que me apetece tanto charlar contigo que no me doy cuenta. Bueno, chico, pues lo dicho: que me alegro muchísimo. ¿Y no piensas hacernos una visita?

—...

—Natural. Viviendo bajo el Gulf Stream con una sirena, yo tampoco me movería de casa. Además, tienes tres hijos, has fundado una familia, has echado raíces... Bueno, algas, o lo que sea.

—...

—De tu parte. Descuida. Yo les daré muchos recuerdos a todos. Oye, Benito, ¿y a ti no se te puede llamar?

—...

—Bueno, pues tú no dejes de llamarme de vez en cuando. Que ya sabes que se te quiere. ¡Un abrazo muy fuerte! Me alegro muchísimo de que no te ahogases aquel día.

—...

—Igualmente. Y que seas muy feliz, Benito.

Trompo y Juli pudieron oír que la voz del otro lado cesaba.

Se oyó el ruidito característico de cortar la comunicación.

El abuelo también "colgó", dejando la caracola sobre la estantería.

Tenía los ojos húmedos por la emoción.

Lanzó un largo silbido de asombro y se dejó caer en el desvencijado sillón de mimbre.

Sus nietos le miraban, embelesados.

Él esperó a reponerse un poco. Movió varias veces la cabeza, admirativamente. Luego, los miró y dijo:

—¡Chicos, qué maravilla! Benito... ¿Quién me iba a decir a mí...? Y a nosotros que nos dio tanta pena...

—Pero ¿qué fue lo que pasó? –preguntó al fin Julia, recuperando el habla.

—¿Quién es ese Benito? ¿Qué pasó en La Coruña? ¿Y dónde vive? ¿En una gruta? –se disparó Trompo, imparable.

Pero su abuelo se puso en pie de un salto y gritó:

—¡Tengo que contárselo inmediatamente a todos! Me ha encargado que les dé muchos recuerdos...

Y salió corriendo de la alcoba.

Mientras galopaban tras él, pasillo adelante, oyeron que iba susurrando:

—¡Qué gozada! ¡Poder contar una cosa así!

4 *Excursión a la nieve*

El día siguiente era sábado.

La clase de Julia y la de Trompo tenían una excursión a la sierra para divertirse con la nieve.

Les iban a acompañar un profesor y una profesora. Pidieron algunos padres voluntarios para ayudarlos a vigilar aquel numeroso grupo de chavales.

—Papá, mamá, ¿vosotros podríais venir a la excursión? –preguntó Trompo.

Su hermana explicó:

—Van dos profes y los padres de Beatriz; pero hace falta alguien más, porque somos muchos niños.

El padre dijo:

—Imposible. El sábado no podemos.

La madre sugirió:

—¿Por qué no le pedís al abuelo que vaya? Seguro que no se lo tenéis que decir dos veces. Se apunta hasta a un bombardeo...

Se lo dijeron a los profesores y les pareció muy bien.

¡Y a él, no digamos!

Arrancaron a las diez de la mañana. El abuelo se puso a charlar con la señorita Mari Paz, que era muy simpática, y a los cinco minutos los dos estaban riendo a carcajadas. Luego, les enseñó a los niños canciones de excursión de cuando era joven, y el viaje se pasó en un vuelo.

Al pasar una curva apareció la sierra, con sus altos picos relucientes.

—¡La nieve! ¡Mirad la nieve! –gritó Trompo en cuanto la vio, sintiéndose como Rodrigo de Triana al ver América.

—¡Qué bonita! –se extasió Julia.

—¡Nos lo vamos a pasar guay! –se frotó las manos Luisete, que era muy castizo.

—¿Tú sabes esquiar, Beatriz? –preguntó Julia.

—Sí. Y, además, he aprendido a levantarme muy deprisa –bromeó Beatriz, que en realidad esquiaba muy bien y no se caía nunca.

—Vamos a organizar una batalla con bolas de nieve. ¿Quién quiere ser de mi bando? ¡Yo soy el capitán! –voceó Trompo.

Y todo era alegría y bullicio.

Llegaron a lo alto de la sierra y se desparramaron por allí.

Trompo y Luisete, como capitanes de ambos bandos, empezaron a lanzarse bolas de nieve a los cinco segundos de bajar del autobús. La batalla se generalizó enseguida.

Julia, Pilar y las demás amigas se pusieron a hacer unos muñecos de nieve muy grandes.

Valentín, el profesor, les dijo a los demás adultos:

—¿Se han fijado? Va a empezar una carrera.

—Claro –confirmó Mari Paz–. Hemos pasado ante unos letreros que anunciaban el Gran Premio de Esquí.

—Los concursantes ya se están preparando –dijo el padre de Beatriz.

—Allí está la salida –señaló la madre.

Valentín miró alrededor y propuso:

—¿Qué les parece si nos sentamos allí y tomamos algo?

Y señaló la terraza de un hotel.

—Estupendo –aprobó Mari Paz–. Desde allí podremos vigilar a los chicos y ver la carrera.

Fueron a sentarse alrededor de una mesa, al borde de la terraza, para no tener nadie delante y ver mejor.

El panorama era soberbio: todo alrededor, altas cumbres nevadas, picos rocosos, abetos y pinos escarchados y brillantes... Todo el paisaje estaba salpicado por los colorines vivos de los jerséis y pantalones deportivos, que, desde lejos, parecían marionetas que se agitaban, corrían, jugaban, se perseguían, se deslizaban, se caían...

Hacía sol y el cielo deslumbraba.

—¡Qué día tan magnífico! –se deleitó el abuelo, acercando su butaca de aluminio al borde–. Y hemos cogido un sitio estupendo: desde aquí se ve todo la mar de bien. Miren,

miren qué muñecos de nieve han hecho Juli y esas chicas. ¡Anda! Si se parecen a ustedes dos...

—¡Ja, ja! –rió Mari Paz–. ¡Es verdad! ¡Qué chusco estás, Valentín! Los bigotes y las gafas están clavados.

Desde luego, las chicas lo habían preparado todo muy bien. Habían traído unos bigotazos y unas gafas, recortadas en cartón negro, y una bufanda igual a la que solía usar el profesor.

—Pues anda que a ti... –replicó Valentín–. ¡Menuda pinta te han puesto!

Una larga cabellera rubia, hecha con una bolsa de plástico cortada a tiras, caracterizaba perfectamente a la profesora.

Rieron. Se acercó un camarero y le dijeron lo que querían tomar.

El abuelo, con una chispa en los ojos, pidió una copita de moscatel. El camarero lo trajo todo y empezaron a tomarlo.

Un hombre voceó por un altavoz portátil:

—¡Atención, atención! Que los competidores se sitúen en la línea de salida.

Aquello estaba animadísimo.

Los esquiadores que aspiraban al premio se situaron en sus puestos. El público se apelotonó a los bordes de la pista. Julia, Trompo y sus compañeros dejaron la batalla de bolas de nieve y los muñecos que estaban terminando y corrieron allá.

El camarero se movía entre los veladores, trayendo y llevando cosas. Pero no se perdía detalle de lo que ocurría en la línea de salida.

Sonó un disparo.

Los esquiadores se lanzaron pista abajo como centellas.

El camarero se distrajo un momento, al observar la salida. Tropezó con la pata de una silla. Echó a volar la bandeja, llena de vasos, aceitunas y patatas fritas. Y arrastró al abuelo en su caída, lanzándolo fuera de la terraza, con butaca y todo.

El abuelo, con cara de susto, cayó a la nieve y empezó a deslizarse sobre la butaca de aluminio. Esta había caído sobre el respaldo y las patas traseras, y parecía un trineo.

Atravesó la línea de salida tan solo quince

segundos después que los aspirantes a campeones.

Pataleando, intentaba adaptarse a la insólita postura que su butaca había adoptado repentinamente. Se aferró al borde delantero del asiento con una mano, alzó la otra, con la que sujetaba cuidadosamente su copita de moscatel, e inició el descenso como una bala.

Pero los esquiadores –no en vano eran auténticos profesionales— le llevaban doscientos metros de ventaja.

Reparó en que el camarero, agarrado al respaldo de la butaca, se deslizaba tras él, con la respiración cortada por la velocidad.

El público lanzaba exclamaciones:

—¡Oh!

—¡Ah!

—¡Oh!

Unos gritaban:

—¡Mirad!

—Pero ¿qué es eso?

—¿Qué ha pasado?

—¡Se han caído!

—¡Qué horror!

—¡Se van a matar!

Otros reclamaban a voces:

—¡Que alguien los pare!

—¡Un médico, un médico!

—¡Una ambulancia!

—¡La patrulla de salvamento!

—¡Los perros de San Bernardo!

Y otros clamaban:

—¡Va embalado!

—¡Qué bárbaro!

—¡Qué estilo tiene!

—¡Cómo maneja la butaca!

—¡Es mucho mejor que un trineo!

—¡Qué soltura!

—¡Qué maestría!

—¡Y no se le vierte ni una gota de la copa que lleva en la mano!

—Esto esta preparado. Tiene que ser un profesional. Seguro que es el mejor esquiador de todos.

No había pasado ni un minuto más, y ya se había metido al público en el bolsillo.

—¡Hurra por el abuelo!

—¡Apuesto veinte a uno a su favor!

Y los chicos y chicas del colegio coreaban:

—¡Abuelo, abuelo, ra, ra, ra! ¡Abuelo, abuelo, ga-na-rá!

Trompo vociferaba, enardecido:

—¡Más deprisa, más deprisa! ¡Duro con ellos! ¡Que ya son tuyos!

Pero Julia le riñó:

—No seas salvaje. ¿No ves que se puede matar? ¡Huy, qué curva! ¡Dios mío, qué curva! ¡¡¡Qué curvaaaaaaa!!!

El abuelo tomó la curva demasiado cerrada. El público se apartó, logrando ponerse a salvo. Pero, desgraciadamente, hubo dos espectadores que no pudieron apartarse a tiempo, y los arrolló.

Eran los muñecos de nieve.

El camarero se estrelló contra el que representaba a Mari Paz. Se soltó de la butaca, rodó unos metros despidiendo nieve por todos lados y chocó contra el público. Quedó sentado, con la rubia melena de plástico encasquetada en la cabeza. Lanzó un bufido de alivio. Le ayudaron a levantarse, y un compañero llegó corriendo para ofrecerle un trago de coñac.

El abuelo, siempre sosteniendo la copa de moscatel como si fuese la estatua de la libertad, luchaba con la otra mano contra la masa de nieve que llevaba encima.

Al fin logró deshacerse de ella. Las gafas de cartón volaron por el aire. Los bigotazos negros se le quedaron puestos, aunque, lamentablemente, algo torcidos. Y la bufanda se le enrolló en la cabeza, tapándole los ojos y ondeando al viento como la cola de un cometa.

Sin ver nada, y temiendo chocar contra el público, dio un brusco cambio de rumbo.

Y enfiló la línea de máxima pendiente.

La multitud lanzó un grito de horror, como en los circos cuando el trapecista se lanza, decidido, al ¡más difícil todavía!

Trompo y Juli, que corrían detrás de él, dando tumbos por la nieve, vieron que era imposible alcanzarle.

—¡Beatriz, alcánzale tú! –gritó Trompo.

—¡Sálvale, Bea, sálvale! –rogó Julia con voz desgarradora.

Beatriz se lanzó pista abajo como una exhalación. Varios expertos esquiadores habían hecho lo mismo.

La ventaja que los concursantes le llevaban al abuelo se fue reduciendo rápidamente.

Luchando por zafarse de la bufanda, se perdió la embriagadora sensación que habría experimentado si hubiese visto cómo los iba adelantando uno por uno.

Solo logró quitársela de los ojos y arrojarla lejos en el mismísimo momento en que cruzaba la meta como un rayo, aventajando en doce segundos y siete décimas al siguiente esquiador.

Una cerrada ovación retumbó por las montañas.

Los demás participantes fueron llegando. Junto con ellos venían Beatriz y la patrulla de salvamento.

Medio mareados por haber descendido aquellas tremendas pendientes a esa velocidad, se secaban el sudor y exclamaban:

—¡Imposible! ¡Ha sido imposible! No había forma humana de alcanzarle.

Beatriz se excusaba ante Trompo y Julia, que llegaban corriendo:

—¡Y yo que me creía una buena esquiadora! ¡Él sí que es bueno! ¡Un auténtico campeón!

Una entusiástica muchedumbre rodeaba al héroe de la jornada, vitoreándole y aclamándole cariñosamente.

Él, aturdido ante aquella apoteosis de popularidad, se dejó conducir hacia la tribuna de los triunfadores.

Allí llegaron corriendo Mari Paz, Valentín y los padres de Beatriz, todavía pálidos, pero dando gritos de alegría. Los niños y niñas del colegio brincaban y armaban una algarabía tremenda.

La gente subió al campeón a la tribuna, y los que habían llegado en segundo y tercer lugar se colocaron a ambos lados. Todos recibieron los aplausos de la muchedumbre.

Cuando el abuelo vio que Trompo y Juli se abrían paso a codazos entre el público para darle un abrazo, les dijo:

—¡Chicos! ¡Qué miedo he pasado! ¡Creí que se me iba a caer la copita de moscatel!

Y se la bebió de un solo trago.

5 *Los buceadores de cuadros*

El lunes, cuando los dos hermanos estaban comiendo, les telefoneó su abuelo, excitadísimo:

—¡Chicos, qué alegría! ¡Menos mal que os he pillado antes de iros al colegio!

—Pero ¿qué pasa? –pregunto Julia, que había descolgado.

—¿Qué hay, qué dices? –terció Trompo, pegando su oreja al auricular para oír también.

—Escuchad: ¡he hecho un descubrimiento sensacional! Llevaba años detrás de él ¡y al fin lo he conseguido! –gritó, pero enseguida bajó la voz y añadió–: No puedo deciros ahora de qué se trata. Podrían oírme. En cuanto salgáis del cole, echad a correr hacia el Museo del Prado. Os espero donde el cuadro de las lanzas, de Velázquez. ¿Lo conocéis?

—Sí –dijo Julia–. La señorita nos puso el otro día unas diapositivas. Es uno lleno de lanzas.

—Magnífica descripción –elogió el abuelo–. Pues allí os espero. Hasta luego. ¡Ya veréis lo que os va a gustar!

Y colgó.

Trompo y Julia se miraron, sorprendidísimos y llenos de curiosidad. Habría sido imposible decir cuál de sus dos sonrisas era más resplandeciente.

En cuanto acabaron las clases, salieron corriendo hacia el museo y, preguntando, llegaron al lugar de la cita.

—¡Sí que es verdad! –exclamó Trompo–. Tenías razón, Julia: ¡cuántas lanzas!

—Pero el abuelo brilla por su ausencia –dijo Julia–. Aquí hay de todo: japoneses, alemanes, negros... Pero de él, ni rastro. ¡Ay! ¡Suéltame, no seas bruto, que me haces daño!

Trompo le había agarrado el brazo con todas sus fuerzas, y le señalaba el cuadro, mientras mantenía la boca abierta de par en par.

Juli, extrañadísima ante la actitud de su hermano, preguntó:

—¿Qué te pasa?

Pero Trompo se había quedado mudo, y no hacía más que señalar.

Julia recorrió el cuadro con la mirada, intrigadísima. Como lo había visto en una sesión de diapositivas en el colegio, lo fue reconociendo todo. Allí estaban las lanzas, los caballos, el campo de batalla lleno de humaredas, el caballero entregando las llaves de la ciudad a su conquistador, los soldados de ambos bandos... ¡Y el abuelo!

¡Sí, el abuelo estaba dentro del cuadro!

Su cara aparecía en medio de un grupo de soldados. Resultaba inconfundible. Era igual, igual. ¡Un retrato estupendo! ¡Como que lo había pintado Velázquez!

Julia susurró al oído de su hermano, con un hilo de voz:

—Pero, Trompo, es increíble... ¿Cómo pudo Velázquez hacerle un retrato hace tantísimo tiempo?

Él no contestó, y siguió mirando aquel rostro, hipnotizado.

En ese instante, los turistas que habían estado contemplando el cuadro atentos a las explicaciones del guía, se alejaron hacia otra sala. Por unos momentos, solo ellos dos miraban el cuadro. Y entonces el retrato les sonrió.

Apretándose el uno contra el otro, cogidos de la mano, le miraron sin respirar.

Nadie estuvo nunca más asombrado que ellos.

¡Y a continuación ocurrió algo más sorprendente todavía!

El abuelo les guiñó un ojo y les indicó con la mano que le esperasen. Se puso unas gafas de bucear, adoptó la postura del que va a arrojarse a una piscina y, ¡zas!, se salió del cuadro y aterrizó junto a ellos.

Su aspecto era de lo más estrafalario: llevaba un vestido de gitana con grandes lunares rojos, gafas y aletas de bucear, un cucurucho de helado a manera de sombrerito, una mandarina en una mano y una pluma de pavo real en la otra.

—Pero ¡qué pinta tienes...! –protestó Julia.

—¿De dónde sales? ¿Esto qué es? –preguntó Trompo, desconcertado.

Afortunadamente, estaba entrando en la sala un grupo de turistas norteamericanos vestido con camisas chillonas, pantalones de rayas moradas y amarillas, sombreros de paja llenos de flores y cosas así, y la vestimenta del abuelo quedó un poco más disimulada.

¡Menos mal! Porque habrían podido descubrir su invento antes de que lo patentase.

Sí, aquel disparatado vestuario era su invento. ¡El más sensacional invento de todos los tiempos! ¡El traje de buceador de cuadros!

—¡Ha sido interesantísimo! –les dijo, entusiasmado–. Me he paseado por todo el campo de batalla. He visto los caballos, los cañones, los trabucos, las banderolas, los fortines... Y aquel señor al que entregan las llaves, que es muy amable, me ha dado unas palmaditas en la espalda. ¡Qué gusto! ¿Sabéis lo que es meterse en un acontecimiento histórico de hace trescientos cincuenta años? ¡Una gozada! Iba a montarme en ese caballo de la derecha cuando habéis llegado.

Hizo una pausa y les propuso, con los ojos brillantes:

—¿Qué? ¿No queréis probar?

—Sí, sí, sí –gritaron sus nietos, dando brincos a su alrededor mientras le quitaban las gafas, el traje de gitana, la pluma y todo lo demás.

—Esperad. De uno en uno. ¿En qué cuadro te apetece zambullirte, Juli?

—En *Las Meninas* –contestó ella enseguida.

Y así fue como un anciano ilusionadísimo, un niño rechoncho y un extraño pato con lunares rojos caminaron, impacientes, hacia la sala donde está el famoso cuadro de Velázquez.

Aunque Juli andaba fatal, debido a las aletas de goma negra que calzaban sus pies, estaba tan excitada que llegó la primera. Cogió carrerilla y, sin vacilar un instante, dio un ágil salto y se sumergió en el cuadro.

Buceó a través de la brumosa atmósfera de la umbría y amplia sala representada en el lienzo, y pasó por encima de las cabezas de Velázquez, de las meninas y de la infanta Margarita.

Notaba un cosquilleo en la barriga, como cuando vamos en un ascensor muy rápido. Y también sentía algo de vértigo. No era de extrañar: ¡gracias a aquel prodigioso invento, estaba retrocediendo tres siglos y pico en cosa de segundos!

Dio unas brazadas hacia la luz del fondo, que entraba por una puerta en cuyo dintel había un hombre.

Aunque tenía los oídos algo taponados, como cuando se bucea en una piscina, oyó una simpática vocecilla que decía:

—¡Mirad! ¿Quién es esa niña? No parece de la corte. ¡Yo quiero jugar con ella! ¡Vamos!

Julia miró hacia atrás y vio que la infanta, con su melenilla rubia flotando, corría tras ella. Las dos meninas, la enana, el enano y el perro la seguían, alborotando.

—Majestad, Majestad, ¿dónde vais? Sosegaos, reportaos, comportaos... –aconsejaba la menina Isabel, que era muy redicha.

—Majestad, Majestad, no corráis. No se debe perder la compostura... –advertía la menina Agustina, que era una cursi.

Y seguían cacareando por turnos:

—¡Una infanta no debe correr como una loca!

—¡Perderéis vuestros regios escarpines!

—¡Os pisaréis el borde de vuestra majestuosa falda!

—¡Se os caerá el lazo de vuestra principesca cabeza!

—¡Se perlará de sudor vuestra serenísima frente!

—¡Se despeinarán vuestros reales cabellos, cual hebras de oro finísimo maltratadas por el viento!

—¿Cómo se os ocurre jugar con una niña desconocida?

—Si ni siquiera deberíais hablar con una plebeya...

—¡Qué horror, qué horror!

—¡Qué deshonor, qué deshonor!

Los demás, en cambio, estaban encantados:

—¡Qué *alegrrría*! ¡Vamos a *jugarrr*! –gritaba la deforme enana Mari Bárbola, con su acento alemán.

—¡A jugar, a cantar, a bailar con esa *bam-*

bina! –canturreaba con su acento italiano el diminuto Nicolasito.

—¡Guau, guau, guau! –expresaba su entusiasmo el perro, mientras correteaba tras ellos.

Y Velázquez, al ver que se escapaban sus modelos, tiró la paleta y los pinceles a un rincón y exclamó:

—¡Yo ya no aguanto más! ¿Es que no pueden estarse quietos? ¡Así no hay quien pinte un cuadro famoso!

Julia, oyendo tras de sí los apresurados pasos de la pandilla, llegó a la puerta del fondo. La cruzó, subió unos escalones y... se le cortó la respiración.

¡Aquello era increíble!

¡Estaba al otro lado del cuadro!

Había atravesado la habitación como quien cruza una piscina buceando.

Y ahora se encontraba a las puertas de un inmenso salón del palacio real.

6 *Fiesta en palacio*

Ante sus ojos deslumbrados aparecía un espléndido salón cuyas paredes estaban cubiertas de espejos.

El sol del atardecer entraba por los amplios ventanales, enriquecidos con cortinajes dorados. Rebotaba de espejo en espejo y lo inundaba todo con una luz de oro transparente.

La brisa del crepúsculo hacia ondular los blancos visillos, como fantasmas danzarines.

De pronto entraron varias doncellas llevando jarrones de porcelana con ramos de rosas, para adornar los muebles que había junto a las paredes. La imagen de las rosas se multiplicaba en los espejos, y su aroma también, pues en un instante perfumó toda la sala.

Juli estaba maravillada; pero no tuvo tiempo de extasiarse, pues sintió una manita que cogía la suya, mientras una voz cantarina le decía:

—¿Quieres jugar conmigo?

—Sí, Majestad –contestó Juli haciendo una reverencia–. Pero antes me gustaría ver el palacio.

—Ven, te lo enseñaré.

Y comenzaron a recorrerlo.

Era el momento más bonito del día: la hora de encender las luces. Como en un espectáculo de ballet, docenas de camareras vestidas de blanco danzaban por los corredores, al son de una música que entraba por las ventanas. Con unas palmatorias encendían las velas de los candelabros de plata que brillaban en los salones.

Varios criados vestidos con uniformes de color escarlata, enarbolando altísimas antorchas, encendían las arañas de cristal que colgaban de los techos, cubiertos de pinturas mitológicas.

Juli, corriendo alegremente de la mano de la infanta y de Nicolasito, y con el perrazo pisándole los talones, cruzaba salas y salas. Sobre la marcha, iba admirando los magníficos cuadros, las esculturas de alabastro y bronce, los artísticos relojes adornados con ninfas y ciervos, cazadores y ángeles, frutas y flores.

Un reloj comenzó a dar la hora, con un tintineo cristalino. Segundos después, centenares de relojes lo corearon, en una auténtica orgía de campanilleos. Como muchos se retrasaban, aquella sinfonía infinita se extendía por todo el palacio como un eco.

Se abrió una puerta y apareció un viejecito con aire de sabio. Montado en unos patines, recorría incansablemente el palacio, poniendo en hora miles de relojes. Los reyes adoraban la puntualidad.

Y, al parecer, la infanta también. En cuanto oyó tocar la hora, tiró de la mano de Juli y dijo:

—¡Corre, corre, que empieza la fiesta!

Nicolasito y la enana corearon:

—¡Va a empezar la fiesta!

—¡Qué *suerrrte*! ¡Qué *alegrrría*!

Y la alegre pandilla salió al balcón.

Julia lanzó, una vez más, una exclamación de entusiasmo.

El espectáculo era fascinante.

Los jardines aún estaban iluminados por el sol poniente; pero ya ardían en ellos centenares de antorchas.

Las fuentes rivalizaban en lanzar el agua a más y más altura. Unos pececillos amaestrados de color púrpura se dejaban elevar por los surtidores y hacían cabriolas en lo alto, rodeados de gotas irisadas.

Julia miró, embelesada, la copa de un árbol, donde unos enormes pájaros multicolores trinaban con entusiasmo. Tardó unos segundos en darse cuenta de que se trataba de la orquesta. Los músicos, disfrazados con brillantes plumajes, se sentaban en las ramas, y allí tocaban sus violines, sus flautas y sus trompas.

Dos filas de estatuas de reyes flanqueaban el jardín. La música era tan alegre que algunas empezaron a seguir el ritmo, desentumeciendo sus rodillas de piedra.

En un estanque circular, dos flotas de barcos en miniatura libraban una espectacular batalla naval. Los manejaban con hilos unos niños que reían alegremente.

Iban llegando carrozas con invitados, y de ellas bajaban damas disfrazadas de hadas o pastorcillas, y caballeros vestidos de príncipes de las mil y una noches o de centuriones romanos.

El jardín se llenó rápidamente. Los reyes efectuaron su entrada triunfal. Todos se deshicieron en reverencias, y comenzó la fiesta.

Margarita tiró de Juli y bajaron al jardín, para ver de cerca los magníficos disfraces de los invitados.

Una marquesa muy gorda iba disfrazada de galeón, con todas las velas al viento.

Un duque muy alto y encorvado iba vestido de torre de Pisa.

Dos vizcondes gemelos iban disfrazados de un vizconde mirándose al espejo.

Un negro gigantesco, embajador de un país

lejano, iba disfrazado de tarta de chocolate de doce pisos. En lugar de una peluca blanca se había echado sobre la cabeza una gran bola de nata con su guinda en lo alto.

Cuando Julia estaba más extasiada contemplando los disfraces, estallaron los fuegos artificiales.

Ya iba a exclamar "¡Ooooh!" cuando Nicolasito le tapó la boca.

—¡Nadie puede decir "¡Ooooh!" –le advirtió, asustadísimo— antes de que los reyes lo digan!

Pero Sus Majestades, para divertirse, veían estallar los fuegos artificiales apretando los labios, para que no se les escapase ninguna exclamación. Los invitados espiaban sus regias bocas, impacientes. Y los reyes, de pronto, decían:

—¡Huy!

Y algunos nobles picaban y decían:

—¡Oooooooh!

Entonces los reyes, y la corte en pleno, los fulminaban con la mirada. Y ellos se retiraban de la fiesta, avergonzadísimos.

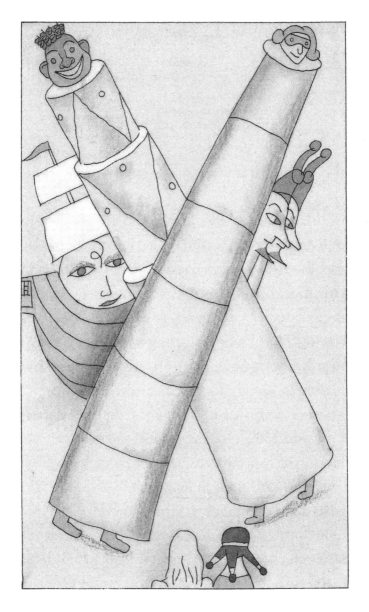

Por fin, los reyes exclamaron a dúo:

—¡Ooooooh!

Y cientos de voces pudieron exclamar, aliviadas:

—¡Ooooooooooooooooooh!

Y, tras cumplir con las normas establecidas, todos se lanzaron a comer, como auténticas fieras.

Juli no se quedó atrás. En menos tiempo que se tarda en contarlo, le dio unos cuantos mordiscos a una pierna de corzo escarchada, con frambuesas y nácar derretido. Devoró media docena de estrellas de mar gratinadas con ostras al oporto, enjoyadas con bombones de rocío. Se zampó un faisán relleno con burbujas de champán y suspiros de menta. Y, para refrescarse, se comió un par de docenas de buñuelos de viento que pasaron volando por encima de su cabeza.

De postre, nada más apetecible que el disfraz del embajador negro. Con la colaboración entusiástica de Margarita, Nicolasito y Mari Bárbola, se comió los doce pisos de la tarta de chocolate. Al pobre no le dejaron más que la peluca de nata y la guinda. Y eso, porque no llegaban tan alto.

Margarita tiró de ella hasta una cercana cascada de batido de fresa, y acabaron con la cara la mar de sonrosada. Cuando más distraída estaba Juli, dos lacayos la cogieron, la llevaron en volandas y la pusieron en lo alto de un pedestal. Los reyes iniciaron un aplauso, y toda la corte la ovacionó.

¡Había ganado el concurso de disfraces!

La infanta, encargada de entregar el premio, tomó unas tijeras de oro que le ofrecieron sobre una almohadilla. Cortó la rosa más resplandeciente del jardín real y se la prendió a Julia en el pelo.

Todos aplaudieron de nuevo.

La infanta le dio un beso a la ganadora.

Y entonces, ante la sorpresa de toda la corte, Julia echó a correr, diciendo:

—¡Adiós! ¡Voy a enseñarles mi premio a Trompo y al abuelo! ¡Tengo que contarles todo esto ahora mismo!

Les lanzó muchos besos a todos y gritó:

—¡Muchas gracias! ¡Adiós, infanta Margarita!

Subió las escalinatas corriendo. Cruzó salones y salones. Apagó los candelabros al pasar junto a ellos como una tromba. Y buceó de nuevo a través del cuadro.

El abuelo y Trompo la recibieron contentísimos.

Pero cuando ella alzó su premio para enseñárselo, la rosa se deshizo entre sus dedos. Un finísimo polvillo se dispersó por el aire.

Una rosa no puede resistir un viaje de tres siglos.

Pero su aroma inundó la sala.

Juli aspiró el perfume y luego empezó a contarlo todo.

Trompo, impacientísimo, ya le estaba arrancando el traje de buceador de cuadros. Se lo puso y salió corriendo hacia el cuadro de los borrachos, de Velázquez.

Julia siguió contándole al abuelo las maravillas que había visto y vivido.

A los cinco minutos vieron volver a Trompo, hipando y haciendo eses. Llevaba la cabeza adornada por una corona de hojas de parra, y muchos más lunares en el traje de gitana.

—¡Si son manchas de vino tinto! –exclamó el abuelo.

—Pero, Trompo, ¿en qué cuadros te metes, hombre? –le riñó su hermana.

Antes de que pudieran detenerle, Trompo corrió, bamboleándose. Casi sin ver lo que hacía, se metió de cabeza en el cuadro de Goya que representa al pueblo de Madrid defendiéndose contra las huestes de Napoleón, el dos de mayo, en la Puerta del Sol.

Julia y el abuelo le perdieron de vista, en medio de la refriega. Pero no había pasado ni un minuto cuando Trompo salió, dando codazos, de entre una maraña de caballos. Y aterrizó de cabeza junto a ellos.

Le ayudaron a ponerse de pie, y vieron que estaba lleno de cardenales. Llevaba el traje de gitana hecho jirones, las gafas de bucear ladeadas, y bajo ellas asomaba una nariz como un tomate.

El abuelo exclamó:

—¡Qué bárbaro! ¡Este invento es mucho mejor aún de lo que yo esperaba! ¡Uno puede vivir en sus propias carnes los más grandes acontecimientos de la historia! Hale, chicos, vamos a probar con otros cuadros, ¿queréis?

Pero Trompo, palpándose un ojo que empezaba a ponérsele morado, rogó:

—Abuelo, ¿no podríamos dejarlo para otro día?

7 *Elemental, querido Trompo*

El miércoles, en cuanto acabaron las clases de la mañana, Trompo y Juli salieron corriendo hacia el Retiro.

Habían quedado allí con el abuelo, para montar en las barcas del estanque hasta la hora de reanudar las clases. Llevaban unos bocadillos para comer a bordo de la nave, como decía Trompo pomposamente.

Los dos hermanos empuñaron los remos, y su abuelo se puso a hacer de capitán pirata:

—¡Remad, remad más fuerte, por vida de Satanás! ¡Voto a bríos! ¡Lancémonos al abordaje de aquel galeón! ¡A babor! ¡A estribor! ¡A barlovento! ¡A sotavento! ¡A...!

Y se quedó callado. Sus nietos creyeron

que era porque ya no sabía más palabras marineras; pero se dieron cuenta de que estaba mirando algo muy fijamente. Lo señaló con el dedo, y Trompo informó:

—Es una botella.

—Hay que ver lo sucia que es la gente –protestó Juli–. Ni siquiera aquí dejan de tirar botellas vacías y porquerías.

Pero Trompo estaba aguzando la vista, y exclamó:

—No es una botella vacía, Juli. Hay algo dentro.

Intrigado, remó hacia allá.

Julia se puso a mirarla con atención, con lo cual dejó de remar. Como Trompo daba unos golpes de remo tremendos, la barca empezó a dar vueltas, tontamente.

—¡Rema, Juli, rema! ¡Vamos allá! Me parece que tiene un papel dentro. ¡Mira que si es la botella de un náufrago!

Julia remó fuerte y avanzaron deprisa. Trompo, con su impaciencia característica, gritaba:

—¡Rápido, Juli, vamos rápido! No la vayan a descubrir otros.

Llegaron donde estaba la botella. Trompo sacó medio cuerpo por la borda, alargando la mano para alcanzarla. La botella bailoteaba sobre el agua removida, alejándose y acercándose. Juli trataba de acercar más la barca; pero con un solo remo resultaba difícil. Trompo alargaba ansiosamente los brazos y estiraba lo más posible todo su cuerpo.

En el preciso momento en que consiguió atraparla, la cabeza del muchacho se hundió en el agua. Y no le siguió el resto del cuerpo porque Julia y el abuelo le cogieron a tiempo por los pies.

Tiraron de él hasta izarle a bordo. Con la cabeza chorreando, agitó triunfalmente la botella. Y los tres exclamaron a la vez:

—¡Sí que es un papel!

—¡Hay un mensaje!

—¡Es una botella de náufrago!

—¡Qué emocionante!

Trompo iba a quitarle el tapón, cuando Julia le detuvo:

—Espera.

Y señaló con la cabeza a la gente de las

otras barcas, que los miraba con curiosidad, comentando el chapuzón.

Desembarcaron y se sentaron en un banco escondido entre los árboles. Miraron de reojo para comprobar que nadie los observaba y Trompo destapó la botella. Un papelito enrollado cayó sobre su pantalón. Julia se apoderó de él y lo extendió ante los ojos de los tres. Estaba escrito a lápiz por una mano temblorosa, y decía:

> *¡SOCORRO! ¡AUXILIO!*
> *Echadme una mano.*
> *Soy un náufrago. Me llamo Pepe.*
> *Estoy en una isla desierta.*
> *Si este mensaje llega a manos de alguien, que me ayude.*
> *Por cierto: ¿cómo acabó el Osasuna-Hércules del domingo?*

Los tres se miraron, estupefactos.

Julia lanzó un silbido de admiración y dijo:

—¡Era verdad! ¡Es el mensaje de un náufrago!

—Un náufrago de verdad, Juli... ¡Qué emocionante! –dijo Trompo, contentísimo.

—¡Tenemos que salvarle! ¡Pobrecillo! Debe de estar desesperado... –opinó su hermana.

—Claro que tenemos que salvarle –coincidió Trompo–. Pero ¿cómo? No sabemos nada de él. No sabemos dónde está, ni cómo demonios se llama esa isla desierta.

—¿Qué podemos hacer? –preguntó Julia, dándole vueltas al asunto.

Trompo se encogió de hombros, desalentado:

—Ni idea. No tenemos ninguna pista.

Se volvieron hacia el abuelo y se quedaron sorprendidísimos. Tan concentrados estaban, imaginándose las desventuras del náufrago, que no se habían dado cuenta de lo que estaba haciendo.

Observaba atentamente la botella. Se acercó el gollete a la nariz y olió su interior. Cogió el papel y lo miró por ambos lados. Examinó sus bordes, pasando por ellos la yema del dedo índice. Se quitó las gafas y lo miró muy de cerca. Y, por fin, dijo:

—¿Que no tenemos ninguna pista? Pero si sabemos un montón de cosas de él...

Trompo y Juli se miraron, alarmados. ¿Qué le pasaría? ¿Se habría vuelto loco de repente?

—¿Qué cosas sabemos? –se atrevió a preguntar Trompo, con expresión ingenua.

—Elemental, querido Trompo.

Se puso en pie, se situó frente a ellos y dijo:

—Se trata de un hombre de pelo castaño, con bigote... Bajito, con gafas y con los ojos azules. Es funcionario de Hacienda. Muy previsor. Muy pulcro. Es un hombre de un gusto exquisito. Le gustan mucho las gambas a la plancha y el jamón serrano. Y no le gustan nada los fideos.

Sus nietos iban de asombro en asombro.

—¡Qué bárbaro! Si pareces Sherlock Holmes... –dijo Trompo.

—¡Es fantástico! ¿Cómo has conseguido adivinar todo eso? –preguntó Julia.

Trompo había cogido el papel y lo miraba y remiraba, intrigadísimo.

—¿Cómo sabes tantas cosas de él? –insistió su hermana–. Lo del bigote, por ejemplo.

Y entonces él se lo explicó todo:

—Elemental, queridos nietos. Del rollito de papel han caído estos dos pelos: uno largo y castaño y otro más rubio y muy corto. Esas diferencias son suficientes para deducir que uno es de la cabellera y otro del bigote.

—Pero podrían ser de dos personas –objetó Trompo.

—Si hubiese alguien más con él, lo diría. Además, esta tira de papel está recortada de un folio. Basta observar sus bordes para ver que han sido cortados con una tijerita curva. ¿Y para qué va a llevar una tijera así en un viaje, sino para recortarse las uñas o el bigote? Por eso he dicho que es un hombre muy pulcro.

—Bueno, pero lo de que es funcionario de Hacienda... –expresó sus dudas Juli.

—Es evidente: si os fijáis bien en el corte superior del papel, veréis que la tijera ha pasado raspando unas palabras impresas, de las que solo puede verse la mitad inferior. ¿Veis?

—Es verdad, se puede adivinar qué letras son –dijo Trompo.

—Sí, pone "Delegación de Hacienda" –confirmo Julia–. ¡Bravo!

—Eso es. Y, normalmente, solo un funcionario de Hacienda llevaría encima un papel timbrado de ese ministerio.

—No te tires faroles –le reprochó Julia–. Puede ser una persona cualquiera que ha recibido una carta de Hacienda. A papá le llegó una la semana pasada.

—Pero en este caso no se trata de eso.

—¿Por qué?

—Porque, si así fuera, el papel estaría empapado en lágrimas.

—Sí, eso pasó en casa la semana pasada –dijo Trompo.

—Y además, si fuera como tú dices, el papel estaría escrito con ordenador, y él hubiera tenido que escribir al dorso. También por el papel he deducido que es muy previsor. Porque lo lógico sería que se le hubiese estropeado con el agua del mar. Al no ser así, debe de ser que al emprender el viaje lo metió en una carterita o una bolsa de plástico.

—Seguramente con su pasaporte o su carné –dijo Julia.

—Y, para colmo, lo ha cortado en cuatro trozos. Así, si le falla este mensaje, podrá mandar otros.

—A lo mejor ha mandado cuatro a la vez –dijo Trompo–. A los cuatro puntos cardinales.

—Pero para eso necesitaría cuatro botellas –dijo Juli, a quien aquello le parecía demasiado.

—Exactamente –intervino el abuelo–. Y como en cuanto la hemos destapado he percibido el inconfundible y embriagador aroma del moscatel, basta con preguntarse: ¿quién salvaría de un naufragio una botella de moscatel, y a lo mejor incluso cuatro, sino un hombre de un gusto exquisito?

—Claro, claro –le dio la razón Trompo, abrumado por tan implacables razonamientos.

—Una razón más para deducir que es muy

previsor. Tan previsor que ha resuelto el mayor problema que se les plantea siempre a los náufragos: la alarmante escasez de botellas y papel de carta que suelen padecer las islas desiertas.

—Bueno, ¿y por qué sabes que usa gafas? –preguntó Trompo.

—¿No os habéis fijado en la minúscula manchita tostada que tiene esta esquina del papel? Es inconfundible. ¿Nunca habéis probado a quemar un papel con una lupa puesta al sol? Pues eso es lo que ha intentado él, como todos los náufragos: encender fuego para que alguien vea el humo. ¿Y cómo iba a intentarlo, sino usando a manera de lupa lo único parecido que tenía a mano? Unas gafas de cristales bastante abombados.

Los dos hermanos estaban embelesados con aquella serie de deducciones. Pero aún quedaban algunas, muy chocantes, por aclarar:

—Por ahora vale todo, abuelo Sherlock –elogió Juli–. Pero ¿cómo has podido deducir que no le gustan los fideos?

—Hombre, si tiene bigote y le molesta tanto que crezca que siempre lleva encima unas tijeritas, ¿cómo le van a gustar los fideos, con lo incómodo que resulta comerlos teniendo bigotes?

—Ah, pues es verdad –se contentó Trompo.

—Pero lo de que le gustan el jamón serrano y las gambas a la plancha... –dijo Julia, que era más difícil de contentar.

—Hombre, ¿y a quién no?

Los dos hermanos se quedaron tan convencidos. Trompo comentó:

—Pues yo solamente había deducido que es un hincha tremendo del fútbol.

—Chico, te habrá dado calentura... –bromeó Julia, poniéndole la mano en la frente.

—Pues eso no podemos asegurarlo –precisó el abuelo–. A lo mejor, simplemente, le gusta que gane el equipo de su pueblo, aunque no sea un gran aficionado al fútbol. Eso pasa mucho.

Julia dijo:

—Pues yo lo único que he adivinado o,

mejor dicho, que me imagino, es que se trata de un náufrago del transatlántico ese grandote que se ha hundido.

—¡El *Minerva!* –gritó Trompo–. ¡Es verdad!

—Pero la tele y la prensa han dicho que no hay ni un solo superviviente –informó el abuelo–. Y, además, puede haber naufragado yendo en una barquita de pesca, o en una lancha motora... Y esas cosas no salen en la televisión. De eso sí que no tenemos ninguna pista segura.

Se quedaron callados un momento.

—¿Y lo de que es bajito y con los ojos azules? –se acordó Trompo de repente.

—Eso, eso –coincidió Julia–. A mí, lo que más me ha sorprendido de todo ha sido eso. ¿Cómo has podido deducirlo?

—Pero, bueno, ¡si eso está chupado! ¡Está clarísimo! ¿Cómo no os habéis dado cuenta? –empezó a responder, pero miró el reloj y gritó–: ¡Atiza! ¡Si vais a llegar tarde a clase! ¡Corred!

—¡Es verdad! –chilló Juli.

—¡Llegamos tarde! –se asustó Trompo.

Y, mientras echaban a correr, volvieron sus caras y preguntaron:

—¿Y qué hacemos con el náufrago?

—¿Qué hacemos con la carta?

Él les gritó:

—Contestarla. Es lo que se hace con las cartas, ¿no? Yo os espero aquí. Escribidle, y cuando salgáis del cole le mandaremos vuestra respuesta.

Iba corriendo tras ellos, trabajosamente, y los ojos le brillaban.

Trompo y Julia se miraron, muy ilusionados. Pero ambos cayeron en la cuenta al mismo tiempo, y preguntaron:

—¿Y cómo se la vamos a mandar?

—Por el mismo correo –contestó él, mientras agitaba en el aire la botella vacía.

Los dos hermanos, la mar de contentos, salieron al galope hacia el colegio.

8 Cartas a un náufrago

Dos horas más tarde estaban de vuelta.

Trompo había escrito su carta en clase de Matemáticas, y Juli en la de Lengua.

La carta de Trompo –escrita con una letra fatal– decía:

QUERIDO NÁUFRAGO:

Te escribo en clase de Matemáticas.

Hemos recibido el mensaje que metiste en la botella de moscatel. He preguntado a mis compañeros lo del Osasuna-Hércules y ninguno lo sabe. Cuando vuelva a casa lo buscaré en el periódico del lunes.

Oye: ¿en qué isla estás? Danos alguna pista, aunque no sepas cómo se llama. ¿No tiene ningún letrero? ¿Hay palmeras? ¿Hay leones? ¿En qué ruta está? ¿No se ven en el mar unas rayas con la latitud y la longitud?

Danos alguna pista, porque solo sabemos que eres muy pulcro, previsor, bajito y funcionario de Hacienda, y así cualquiera organiza el salvamento.

¡Estamos contigo! ¡Ánimo! ¡Que nosotros nos ocuparemos de salvarte!

Y, además, tú no tienes que ir a clase de Matemáticas.

TROMPO

Y Juli había escrito –con muy buena letra– lo siguiente:

QUERIDO PEPE:

Puedo llamarte así, ¿verdad?
Soy Juli, la hermana mayor de Trompo.
Nosotros dos y el abuelo descubrimos tu botella, y mi hermano arriesgó su vida por atraparla de entre las olas, y, si no llegamos a sujetarle, naufraga él también.

El abuelo nos ha contado con todo detalle cómo eres, así que ya nos parece como si fueses de la familia.

Me hace mucha ilusión escribirte, porque a lo largo de toda mi vida nunca me había escrito con un náufrago. (Bueno, en realidad nunca me he escrito con un hombre). Y me siento como si fuese tu madrina de guerra, que resulta muy emocionante.

¿Quieres saber cómo es tu madrina de guerra? Soy morenita, con los ojos castaños, y llevo unos alambritos en los dientes, pero enseguida me los van a quitar. Si consigo que Trompo no la vea, envolveré en este papel una foto mía de carné.

He pensado que tenemos muchas cosas en común: yo también soy previsora, no me gustan nada los fideos, y en cambio me gustan mucho las gambas a la plancha y, sobre todo, las cigalas (y eso que no las he comido nunca).

Mándanos alguna pista para poder salvarte, o, por lo menos, escríbenos de cuando en cuando.

JULI

Montaron en una barca y remaron hasta el centro del estanque.

El abuelo quitó el tapón a la botella y los dos hermanos metieron en ella sus cartas. La de Trompo estaba enrollada. Juli había doblado la suya varias veces, y quedaba de un tamaño parecido al de una foto de carné. Tuvo que curvarla bastante para meterla.

Trompo sacó unas canicas de colores del bolsillo, las metió en la botella y dijo:

—Para que se distraiga un poco.

Julia abrió una caja de cerillas y vertió su contenido por la boca de la botella, pues la caja entera no cabía. Luego, arrancó la tira rascadora, y la metió también. El abuelo iba a poner el tapón, cuando Trompo le detuvo:

—Espera.

Rebuscó en su atestado bolsillo y sacó una navajita. La miró, dudando si desprenderse de ella o no, y al fin se decidió.

—¡Qué bien! ¡Ha cabido! –se alegró Trompo–. Le puede ser muy útil, ¿verdad, abuelo?

—Mucho.

Y ya iba a cerrar la botella cuando Juli, poniéndose colorada, dijo:

—Un momento.

Y metió un mechón de cabellos que había sujetado con una gomilla. Trompo se echó a reír y empezó a burlarse de ella:

—¡Chica, qué gran idea has tenido! Seguro que lo que más echa en falta un náufrago en una isla desierta es un puñado de pelos. ¡Presumida! Cursi, más que cursi. Será cursi la niña...

Al ver que su abuelo iba a tapar definitivamente la botella, interrumpió sus burlas y le sujetó la mano. Rebuscó en el bolsillo, sacó un chicle usado y lo metió también.

—Seguro que le gusta. Es un hombre de exquisito gusto –explicó.

El abuelo levantó de nuevo el tapón y no se molestó en llevarlo de nuevo hasta la boca de la botella. Tal como esperaba, Juli le detuvo:

—Un momentito.

Sacó el bolígrafo de cuatro colores, que era una de sus joyas más preciadas. Lo miró por última vez y lo empujó a través del gollete.

—No vaya a ser que se le gaste el lápiz y no pueda escribirnos.

El abuelo hizo como si fuese a tapar la botella y los miró. Al ver que ya no había más regalos, se quedó muy sorprendido. Luego, apretó bien el tapón y tiró la botella al agua.

Los altavoces estaban diciendo que desembarcase todo el mundo, pues iban a cerrar. Remaron lentamente, haciéndose los remolones, mirando hacia atrás. La botella bailoteaba sobre el agua. Juli le hizo adiós con la mano.

Echaron pie a tierra y se acodaron en la barandilla de hierro del estanque. Contemplaron en silencio cómo el atardecer iba dorando la superficie del agua, que luego se fue salpicando de sombras. La botella no se veía ya.

Caminaron, callados, hasta la salida.

A la mañana siguiente, Trompo y Juli salieron corriendo hacia el colegio media hora más temprano que de costumbre. Sus padres se quedaron asombrados de su puntualidad. Corrieron al estanque y exploraron con la mirada toda la superficie. Trompo sacó los

gemelos de su padre, que había cogido a escondidas, y miró las zonas mas alejadas.

La botella no estaba.

El correo había salido.

—¿Crees que la recibirá pronto? –preguntaron los dos a la vez.

La respuesta la tuvieron al día siguiente, al atardecer. Recorrieron todo el estanque y, al llegar a un rincón poblado de juncos, ¡allí estaba!

Seis manos ansiosas lucharon por destaparla y por apoderarse de la carta del náufrago.

Julia la leyó en voz alta:

—"Queridos Trompo y Juli: No sabéis la alegría que he tenido al recibir vuestras cartas y tantos regalos. Como veis, os escribo con el bolígrafo, que es muy bonito".

Julia dejó de leer, sonrió ampliamente y exclamó:

—Tenías razón, tiene muy buen gusto.

—Anda, sigue, sigue –dijo Trompo, dándole codazos.

Ella siguió leyendo:

—"¿Puede saberse a quién se le ha ocurrido decir que soy bajito?".

Trompo y Juli se miraron, estupefactos, y luego miraron al abuelo de reojo. Este agitó una mano y dijo:

—Hale, hale, tú sigue leyendo.

—"La navajita me ha venido muy bien para afeitarme y limpiarme las uñas. Y la foto de Juli la he guardado en el billetero, con mis documentos".

—Pero ¿es que le mandaste una foto tuya, cursilona? –dijo Trompo.

—No interrumpas –contestó su hermana–. "Esto de encontrarse en una isla desierta resulta algo molesto. ¡Quién pudiera hallarse en plena civilización, comiendo jamón serrano y gambas a la plancha! Si no hubiera sido por el moscatel...".

Trompo sonrió y le dio unas palmaditas en la espalda a su abuelo.

—Y termina diciendo: "Una pregunta: ¿a cuánto están pagando las quinielas de trece y catorce aciertos?".

En aquel momento ocurrieron tres cosas.

Trompo protestó, decepcionado:

—Y no nos dice nada del naufragio ni del barco. Ni nos da ninguna pista para buscar la isla...

Juli susurró, con las mejillas encendidas:

—Le ha gustado mi foto, le ha gustado...

Y el abuelo se puso en pie de un brinco y empezó a dar gritos, contentísimo:

—¡Ya lo tenemos! ¡Está clarísimo! ¡Por fin nos da una pista segura! ¿Cómo no me di cuenta al leer la primera carta?

—¿De qué?

—¿Qué es lo que está tan claro?

—¡Que sí es un superviviente del hundimiento del *Minerva*! Tú tenías razón, Juli. ¡Hay un superviviente, aunque la prensa y la televisión aseguren que no hay ninguno! Menudo descubrimiento hemos hecho... ¡Qué alegría!

—Pero ¿cómo lo sabes?

—Por lo de la quiniela. ¡Ahora me explico que preguntase lo del Osasuna-Hércules en un mensaje del que podía depender su vida! Es que del resultado de ese partido depende el que tenga o no una de catorce. ¡Imaginaos la rabia que debe dar tener una quiniela millonaria y no poder cobrarla por estar en una isla desierta!

—¡Huy, sí! –reconoció Trompo.

—¿Y qué tiene que ver todo eso con el *Minerva*? –preguntó extrañada Juli.

—Muchísimo. Se enteró de los resultados de trece partidos, y los había acertado todos. Y, en cambio, no consiguió enterarse del resultado del último, pese a lo importantísimo que era para él. ¿Por qué? Porque algo muy grave se lo impidió. Solo una verdadera catástrofe pudo impedir una cosa así. ¡El hundimiento del *Minerva*, que ocurrió justo cuando estaban acabando de dar los resultados de los partidos! Ayer revisé los periódicos del lunes y decían que el hundimiento se había producido, ante las costas de Málaga, el domingo a las nueve y media de la noche... Pero al leer eso no até cabos con lo del Osasuna.

Trompo y Juli se habían puesto de pie, excitadísimos:

—¡Entonces ya sabemos por dónde está la isla misteriosa! –exclamó Julia.

—¿A qué esperamos? ¡Vamos a salvarle! ¡Vamos a rescatar al único superviviente del naufragio del *Minerva*! –vociferó Trompo.

El abuelo miró el reloj y gritó:

—Si nos damos prisa, todavía podemos llegar al tren de Málaga.

Y los tres salieron del parque a toda velocidad.

9 *El náufrago que salvó lo principal*

Durante toda la mañana siguiente, una lancha patrullera exploró la zona en que se había ido a pique el famoso transatlántico. Un marinero iba al timón. Un viejo y dos niños escrutaban el horizonte con prismáticos.

Eran ya las tres y pico de la tarde y todavía no habían visto absolutamente nada. Cada miembro de la tripulación estaba pensando que todo había sido un error. Pero ninguno se atrevía a decirlo.

De repente, Trompo gritó:

—¡Mirad allí! ¡Un islote!

El marinero puso proa hacia él. No era

más que una roca rodeada por una diminuta playita.

Cuando echaron pie a tierra, surgió un hombre de detrás de la roca.

Era muy bajito y tenía los ojos azules.

Estaba muy flaco. Llevaba gafas, tenía un pelo castaño, un bigote tirando a rubio y varios cortes en la cara por intentar afeitarse.

El abuelo gritó:

—¡Amigo, está usted salvado!

Trompo y Juli chillaron:

—¡Pepe, qué alegría!

Y se lanzaron a abrazarle.

Todos se abrazaron y se dieron golpes en la espalda durante un buen rato. El náufrago se echó a llorar. Todos intentaron consolarle. Con la emoción del salvamento ninguno se había vuelto a acordar de la quiniela, hasta que Trompo le dijo:

—Anímate, Pepe, que estamos contigo. ¡Te hemos salvado! Y, además, te traemos una noticia importante: el Hércules ganó al Osasuna.

El náufrago dejó de llorar y los miró a todos como atontolinado.

Juli le dijo:

—¿Tú qué habías puesto? ¿Uno, equis o dos?

—¿Un dos? ¿Habías puesto un dos? –insistió Trompo, impacientísimo.

Pepe no lograba salir de su aturdimiento. Intentó hacer memoria, y empezó a darse puñetazos en la cabeza:

—¡No me acuerdo, no me acuerdo! ¿Un dos? ¿Puse un dos? ¡Tanto darle vueltas estos días y ahora no estoy seguro!

Todos se miraron, compadeciéndole. El marinero se llevó un dedo a la sien e hizo un movimiento como si desatornillase algo. El abuelo pensó, horrorizado, que Pepe a lo mejor tenía catorce resultados pero había perdido la quiniela en el naufragio.

—¿Dónde esta la quiniela? –dijo, poniéndole una mano en el hombro.

Pepe se dio una palmada en la frente y sacó un billetero de plástico del bolsillo. Nerviosísimo, fue sacando papeles. Sacaba uno, lo miraba, y en cuanto veía que no era la quiniela, lo tiraba por encima del hombro. Tiró el pasaporte, tiró su carné, tiró la foto de Juli (la cual se apresuró a cogerla al vuelo)... Y, al fin, ¡allí estaba la quiniela!

Trompo la miró y dijo:

—¡Un dos! ¡Bravo! ¡Acertó!

Y el marinero gritó:

—¡Y los otros trece también! ¡Este chalado tiene catorce aciertos! Y yo me he quedado en ocho...

Pepe empezó a dar saltos y se arrojó sobre cada uno de ellos, abrazándolos. El abuelo, los niños y él se pusieron a bailar en corro. Solo el marinero mantuvo la calma. Esperó a que dejaran de bailar, jadeantes, y le dijo al náufrago:

—Le doy mi más cordial enhorabuena. Pero todavía no nos ha contado usted nada del naufragio. ¡Y estamos ante el único superviviente! ¡Es una información de primera mano! ¡Un verdadero acontecimiento en la historia de la navegación! ¡Cuéntenos, cuente, cuente!

Pero Pepe estaba muy excitado y hubo que esperar un rato. Cuando se calmó un poco, les contó la horrible escena:

—¡Fue algo terrible! El barco daba unos bandazos tremendos. Las olas caían sobre nuestras cabezas. Los marineros saltaban la borda, volaban un instante como gaviotas vestidas de azul y desaparecían para siempre en el agua embravecida. Los pasajeros iban cayendo en masa al mar, sin orden ni concierto, sin permitir siquiera que las mujeres y los niños cayeran primero. ¡Qué caos! ¡Qué falta de organización! ¡Un desastre, amigos míos, un desastre!

Todos estaban muy impresionados.

—El capitán, en su puesto de mando, no hacía mas que estornudar. Las hamacas, las mesas del comedor, sillas, baúles, pianos de cola y toda clase de cosas se deslizaban por la cubierta inclinada...

Hizo una pausa. Todos bebían sus palabras. De pronto, aquella expresión tan trágica se le borró de la cara, y sus ojos brillaron de ilusión.

—De repente, lo vi. ¡Estaba a salvo! ¡No se había caído al agua! ¡Qué alegría me dio! Sujetándome donde pude, me acerqué a él.

Los demás se miraban, intrigadísimos.

—Llegué hasta él. Lo tomé en mis brazos. Le puse un salvavidas. Yo me puse otro. Y, un segundo antes de que el barco se hundiera del todo, salté con él a un bote hinchable. Mi buena estrella nos condujo hasta este islote, en plena noche. Al bote se lo llevaron las olas. Y aquí llevamos estos días, sanos y salvos. Me ha hecho tanta compañía... ¡Vengan a verlo, vengan!

"¡Luego hay otro superviviente!", pensaban todos emocionadísimos.

Los precedió, tirando de la mano de Trompo, y les hizo rodear la roca.

¡Y allí estaba!

Efectivamente, el náufrago, el único superviviente del hundimiento del *Minerva*, no estaba solo en la isla desierta.

Los cuatro recién llegados se quedaron de una pieza.

Enchufado a una grieta de la roca, había un televisor de veintimuchas pulgadas.

El náufrago había cortado el único árbol del islote y había colocado el televisor sobre su tocón. Con el resto del tronco se había hecho una butaca.

Al ver aquello, todos miraron asombrados al náufrago. Mientras, él miraba al televisor con ternura.

—¡Qué buenos ratos hemos pasado juntos! En los días que llevo aquí no me he perdido ni un programa. Mejor que nunca, porque normalmente, con las horas de oficina, allí en Hacienda, pierdo mucho tiempo. Y ahora, con tantas cadenas, da gusto. ¡Menos mal que hay alguien que piensa en los náufragos!

Y siguió hablando, imparable:

—¿Vieron el partido? ¡Qué emocionante estuvo! ¿Y vieron anoche el concurso? Pobres chicos, ¿verdad? Por cierto: ¿qué tal estuvo el programa de la vuelta ciclista? Iba a empezar justo a la hora del naufragio. También es mala suerte...

Se dio una palmada en la frente y exclamó:

—¡Atiza! ¡Me he distraído con su llegada y seguramente habrá empezado la película! Debe de ser ya la hora. Y hoy ponen una película cómica estupenda.

Pulsó los botones del televisor y se arrellanó en su butaca, sonriendo, ante la mirada de asombro de los demás.

—Siéntense, siéntense, amigos. Pónganse cómodos. Están ustedes en su isla.

Al poco rato estalló en carcajadas. Reía, reía, se frotaba las manos, daba brincos en el asiento y comentaba, entusiasmado:

—Qué gracia tiene, ¿eh? Es mi cómico favorito. Es que tiene unos golpes...

En la pantalla, evidentemente, no salía nada.

Pero resultaba enternecedor verle disfrutar tanto.

El marinero llamó aparte al abuelo y empezó a decirle algo. El náufrago los miró. Señaló la pantalla. Se llevó el dedo índice a los labios y dijo:

—Chisssss.

Y estalló de nuevo en carcajadas.

El abuelo se le acercó y le dijo en voz baja:

—En cuanto acabe la película, zarpamos. Con un poco de suerte, para la hora del telediario estará usted, sano y salvo, en su casa.

Y se sentó a su lado, acompañándole.

Cuando llegaron al puerto de Málaga, las autoridades estaban esperándolos. El marinero había avisado por radio. Había muchos curiosos, pues se había corrido la voz.

Al desembarcar el náufrago y sus salvadores, una multitud entusiasmada los rodeó, los abrazó, los vitoreó y los llevó a hombros por todo el centro de la ciudad. Detrás de ellos iba el televisor, portado a hombros por dos voluntarios. Tras él, las autoridades y la banda de música. Y luego, un montón de gente gritando:

—¡Viva el único superviviente del *Minerva*!

—¡Vivan sus salvadores!

—¡Vivan!

El abuelo, Trompo y Juli mostraban una

sonrisa de oreja a oreja, y hacían la uve de la victoria con dos dedos. El marinero saludaba cogiéndose una mano con la otra y alzándolas sobre su cabeza, como los boxeadores. Las autoridades también saludaban muy orgullosas, aunque la verdad es que no habían hecho nada.

El náufrago lo miraba todo, alelado. A cada minuto preguntaba, ansiosamente:

—¿No irá a empezar ya el programa sobre la vuelta ciclista?

Los periodistas los asediaban a preguntas. Los locutores les acercaban los micrófonos a la boca. Y las cámaras de televisión filmaban sus rostros sonrientes. Uno de los que estaban rodando la imagen del náufrago llevado a hombros le gritó:

—Sonría, sonría, que es para la televisión.

Al oír aquello, el náufrago dio un respingo y exclamó:

—¿Para la tele? ¿Es que voy a salir en la tele?

Y se lanzó sobre la cámara, abrazándola, cubriéndola de besos y gritando:

—¡Qué suerte! ¡Qué suerte he tenido! ¡Voy a salir en la televisión! ¡Qué alegría! ¡Este hundimiento ha sido la oportunidad de mi vida! ¡Qué suerte haber naufragado! ¡Es estupendo! ¡Nunca pensé que podría llegar un momento así!

Trompo y Juli le miraron muy contentos. Daba gusto verle tan feliz.

10 Con la cabeza a pájaros

Pasaron el domingo recibiendo a los periodistas y contándoles toda la aventura.

Uno le preguntó al náufrago a qué iba a dedicar los millones de su quiniela. Él, sin vacilar un instante, contestó:

—Voy a dedicar mi vida y mi fortuna a instalar televisores en color en todas las islas desiertas, y a organizar un videoclub para náufragos.

El abuelo le sopló al oído:

—Y una patrulla de salvamento de náufragos.

Pepe repitió:

—Y una patrulla de salvamento de náufragos.

Y todos los periodistas le dedicaron un cálido aplauso.

Trompo y Juli se lo habían pasado estupendamente con la aventura del náufrago y, además, se hicieron famosos por unos días.

En el colegio les hicieron un recibimiento triunfal. Sus compañeros y profesores les felicitaban, les daban palmadas amistosas en la espalda y les sonreían. Estaban muy orgullosos de ser sus amigos.

Y querían que les contasen más cosas de aquellas que les ocurrían siempre con el abuelo.

Una tarde, en la habitación de este, Juli le dijo:

—Les he estado contando cosas tuyas a Mari Paz y Valentín y ¿sabes lo que me han dicho?

—¿Qué? –terció Trompo, intrigado.

—Que tienes una imaginación calenturienta.

El abuelo sonrió modestamente.

Trompo le preguntó:

—Oye, ¿y cuando tenías nuestra edad, ya eras así? ¿O solo desde que eres abuelo?

Él rió con ganas. Pero luego se quedo pensativo y contestó:

—Desde que solté a Marco Polo.

Los dos hermanos se miraron con extrañeza. Al notar que Trompo iba a acribillar al abuelo con sus preguntas, Juli le detuvo con un gesto.

El abuelo parecía sumergido en sus recuerdos. Los dos niños aguardaban impacientes. Seguro que les iba a contar algo. ¿Quién sería ese Marco Polo? ¿Por qué habría dicho que era así desde que lo soltó?

El anciano sacudió la cabeza, como despertando de un ensueño, y señaló un rincón:

—Traedme la jaula, ¿queréis?

Entonces repararon en la vieja jaula que yacía entre otros trastos amontonados. Estaba junto a una bola del mundo, una radio antigua y un don Nicanor tocando el tambor.

Estaba abierta, cubierta de polvo y algo oxidada. La habían visto muchas veces; pero ahora sabían que tenía una historia y la miraban con ojos nuevos. Mientras la llevaban a cuatro manos hasta la mesa camilla, les parecía llena de misterio. La colocaron allí, con cuidado, y Julia sopló. Una nubecilla de polvo voló de sus varillas doradas y fue a darle en plena cara a Trompo. Este estornudó un par de veces, y luego dijo:

—¡Qué bonita es!

Julia pasó las yemas de los dedos por los arqueados alambres que formaban la airosa cúpula. Trompo fue a cerrar la portezuela, pero su abuelo le dijo:

—No la cierres. Está abierta desde que lo dejé escapar.

Sus nietos se sentaron a un lado y otro de la mesa, mirando la jaula, que se recortaba a contraluz ante la ventana.

Y él empezó a narrarles aquella historia.

Yo era entonces un estudiante la mar de gris, que preparaba oposiciones a maestro.

Aquella buhardilla del barrio antiguo era sosa y tristona. ¿Cómo podría yo hacerla mas alegre?, pensé.

En cuanto vi aquel pájaro, no lo dudé un instante: él alegraría mi piso, me acompañaría y sería mi amigo.

El viejo vendedor ambulante de pájaros destacaba como un personaje de cuento en la barahúnda del mercadillo dominguero. Los demás vendedores voceaban, le metían a uno sus baratijas por los ojos, discutían los precios, daban gato por liebre y armaban un guirigay tremendo. Él estaba allí, quieto y callado, entre el tenderete del vendedor de pulseras y collares y un puesto de discos y revistas de segunda mano.

Era muy viejo. Bueno, a lo mejor era como yo ahora; pero al ser yo un muchacho, me pareció viejísimo. Tenía un chaquetón desgastado que le venía muy grande, un sombrero de fieltro de ala ancha como los que suelen llevar los espantapájaros, y una barba ensortijada que parecía espuma de cerveza.

Todo él aparecía cubierto de pájaros. En el ala del sombrero bullían unos canarios. Sobre sus hombros se apiñaban jilgueros y periquitos. En los abultados bolsillos de su chaqueta habían hecho sus nidos unos verderoles. Y en la solapa, en lugar de una insignia o una medalla, ostentaba un nido de golondrinas.

Vi que algo rebullía en su barba. Asomó un pajarillo e, inmediatamente, me oí decir: Quiero ese.

Él silbó dulcemente y el pájaro se desenredó de la barba y voló a posarse en mi índice. No cambié la postura del dedo mientras compraba la jaula más bonita, caminaba por las calles y subía de tres en tres los escalones. Todo el rato lo iba mirando y sonriéndole. Lo metí en la jaula y coloqué esta en el balcón.

Lo llamé Marco Polo.

Desde aquel momento, me sentí más acompañado y más alegre. Tenía alguien a quien preparar la comida, a quien dar agua y a quien recitar en voz alta mis lecciones.

Pasados unos días se me ocurrió pensar: ¡Anda! ¿Y qué clase de pájaro será? Tengo que ir a preguntárselo al vendedor. Me imagino que todos los domingos se pondrá en el mismo sitio.

Pero en el mercadillo no solo no había ni rastro de él, sino que los demás vendedores y chamarileros negaron haberle visto jamás.

—¿Usted ve visiones? –me increpó el de los discos–. Aquí no ha venido nunca un viejecito con nidos en los bolsillos y el sombrero lleno de pájaros. ¿De qué película lo ha sacado?

—¿Tan temprano y ya borracho, amigo? –preguntó guasonamente el vendedor de collares–. ¿O es que nos estás tomando el pelo? –y se encaró conmigo, poniendo los brazos en jarras.

—Él sí que tiene la cabeza a pájaros... –oí que le decía el otro mientras yo me alejaba, perplejo.

Dándole vueltas al misterio de su origen, me dediqué a observar al pájaro. Lo miraba a todas horas. Y así me di cuenta de que durante la tarde cantaba; pero a lo largo de la mañana siempre estaba triste. Al cabo de unos días comprendí que empezaba a cantar a la hora en que el sol llegaba a nuestro balcón.

Miré el tejado y comprobé que Marco Polo nunca vería el amanecer, ni recibiría el sol de la mañana. ¿Y qué culpa tiene el pobre de que yo viva en una buhardilla tan mal orientada?, me pregunté.

Al pasar ante el ayuntamiento, vi el balcón con unos altos mástiles en los que ondeaban las banderas. ¡Ya está! ¡Tengo una idea!, me dije.

Compré el mástil más largo que encontré. Crucé barrios y barrios con él en ristre, como un caballero andante al que todos miraban con una sonrisa burlona. Lo amarré a la barandilla del balcón, y comprobé que su extremo quedaba más alto que el caballete del tejado. ¡Magnífico!, exclamé complacido.

Puse el despertador a la hora del amanecer. Cuando sonó, icé la jaula hasta lo alto del mástil. Los rayos del sol la alcanzaron de lleno. Sonreí, me froté las manos, satisfecho, y me volví a acostar.

Desde entonces, Marco Polo siempre vio amanecer y gozó del sol todas las mañanas. Cantaba durante todo el día.

Al menos él se había elevado sobre el horizonte. Mientras, yo continuaba mi vida gris, a ras de tierra.

Pero muy pronto él me iba a devolver el favor.

Yo creía que le había hecho feliz. Sin embargo, días después comenzó a sentirse inquieto. Se restregaba contra las paredes de la jaula. Piaba con impaciencia. Intentaba vanamente escabullirse entre dos varillas. Las picoteaba. Y me miraba como pidiéndome algo. Al fin comprendí que no le bastaba con elevarse unos metros. Comprendí que me estaba pidiendo un regalo mucho mayor.

Marco Polo me estaba pidiendo la libertad.

Aquella noche no pude dormir. En cuanto amaneció, salí al balcón. Sentía un peso dentro del pecho. Abrí la jaula y la icé por última vez. En cuanto los primeros rayos la alcanzaron, Marco Polo se asomó a la portezuela, me miró, pareció dudar un momento y echó a volar. Describió unos círculos sobre la buhardilla, pió una despedida y se alejó como una flecha.

Yo arrié la jaula vacía.

Me sentía herido. Me parecía un ingrato. Él volaba, libre, y en cambio yo...

Entonces no podía imaginarme el regalo que me iba a hacer a cambio. No noté los primeros síntomas hasta que pasaron unas semanas. Cuando la jaula vacía y el mástil inútil habían dejado de dolerme.

Aquella mañana me desperté y me quedé remoloneando en la cama. ¿Dónde estará? ¿Sobre qué tierras, qué ciudades, qué mares estará volando?, me preguntaba. ¿Cuántas maravillas estará viendo? ¡Cómo disfrutará!

Me alegraba por él. Lo recordaba ya serenamente, sonriendo al imaginarlo volando, libre, feliz. Me sentía tan libre como él.

Me sentía flotar, ligero como una pluma, arrastrado por la brisa...

Era una sensación mágica.

Me dejé llevar.

¡Y entonces vi Samarkanda!

¡Siempre había soñado con ver Samarkanda! Era uno de los nombres de ciudades que más magia encerraba para mí. En uno de los temas de las oposiciones se hablaba de aquella ciudad antigua y hermosa, conquistada por Alejandro Magno, arrasada por Gengis Khan y enriquecida por palacios y leyendas...

¡Y yo la estaba viendo con mis propios ojos!

Volé sobre ella y vi alzarse el sol, que hacía relucir las cúpulas doradas y violetas.

Me sentí volar majestuosamente, en círculos, sobre el despertar de las calles llenas de colorido. Vi a lo lejos el tren que corría ante los montes azulados. Y, aquí y allá, los magníficos monumentos musulmanes, los embrujados palacios de los zares rusos, el mausoleo del emperador de Mongolia, y las esbeltas torres de las mezquitas...

¡Aquello era fantástico!

¡No me lo podía creer!

No lo veía como en el cine, sino que yo estaba allí. Volaba sobre todo aquello y sentía la luz, la brisa, la belleza...

Yo lo veía todo a través de los ojos de Marco Polo.

A vista de pájaro.

Él me había hecho ese regalo.

Él volaba por el mundo y yo, cerrando los ojos, podía ver a través de las pupilas de aquel pajarillo misterioso al que había regalado la libertad.

Al día siguiente vi el desierto. Una niña tiraba de la cuerda de un camello. El viento soplaba una lluvia de arena hacia un oasis de palmeras que se veía a lo lejos.

Y, a lo largo de los días, yo cerraba los ojos y veía barcos, montes y ciudades, mares y rascacielos... Vi negros en África, unos esquimales sobre llanuras blancas y brillantes, picos nevados, lagunas, catedrales, selvas, y muchedumbres bulliciosas que llenaban callejuelas y zocos... Y ciudades coloristas, como Bagdad, Pekín o El Cairo, y murallas, ríos e islas, nubes vistas desde arriba... ¡Muchas cosas!

Mi día se dividió, desde entonces, en muchas horas grises y unos momentos luminosos. Unos momentos en los que tenía la cabeza... ¡a pájaros!

¡Marco Polo me había regalado un tesoro!

El abuelo acabó su historia.

Atardecía y no habían encendido la luz. La habitación estaba en penumbra, y la jaula, con su cúpula dorada, despedía un brillo misterioso.

El abuelo, en su sillón de mimbre, estaba como adormilado. Trompo iba a lanzarse a preguntarle cosas, muchas cosas; pero su hermana le hizo un gesto de silencio con el dedo:

—Chiiiisss...

Le cogió de la mano y tiró de él.

Salieron sin hacer ruido.

Estaban encantados.

¡Qué bonita había sido aquella tarde!

¡Con el abuelo siempre se descubría algo!

Caminaron, pensativos, hacia casa. Julia recordaba la caracola, el baile de disfraces en palacio y el pájaro liberado de su jaula, y se sentía llena de una magia apacible.

Trompo recordaba aquellas sillas sorprendentes, el trineo volando por la nieve y el salvamento del náufrago, y sonreía, muy contento.

Corría una brisilla agradable.

Trompo abrió los brazos como si fuesen alas y echó a correr por las aceras.

—¡Soy el pájaro Marco Polo! –gritaba.

Su hermana corría tras él, canturreando y

dando brincos, y jugaba a pisar las baldosas azules y nunca las blancas.

Cuando subían al galope las escaleras, Trompo le propuso:

—¿Quieres que probemos a ver si nosotros también vemos Samarkanda?

Y, desde aquel día, de cuando en cuando, Trompo y Juli se metían en su cuarto. Y allí, en la penumbra, cerraban los ojos y echaban a volar por todo el mundo.

¡Tenían la cabeza a pájaros!

Índice

1 ¡Vamos a divertirnos! 7
2 Las sillas que crecen 13
3 El ahogado que vivía felizmente 25
4 Excursión a la nieve 35
5 Los buceadores de cuadros 49
6 Fiesta en palacio 59
7 Elemental, querido Trompo 71
8 Cartas a un náufrago 85
9 El náufrago que salvó lo principal 97
10 Con la cabeza a pájaros 109

TE CUENTO QUE JOSÉ ANTONIO DEL CAÑIZO...

... siente una gran curiosidad por casi todo: por lo que quiere decirle –solo a él– cada libro que le apetece leer; por lo que puede contarle una persona con la que disfruta conversando; por lo que despierta en su interior una música, una película, un cuadro, un jardín o un paisaje.

A José Antonio le encanta estar con los suyos, leer, escribir, sonreír y hacer sonreír. Precisamente, afirma que el humor es uno de sus puntos fuertes, al igual que el amor... Sin embargo, no se le da nada bien ni conducir ni nadar. "Y es que son cosas que no se pueden hacer ni leyendo ni charlando", añade.

José Antonio del Cañizo nació en Valencia y vive en Málaga. Tras licenciarse como ingeniero agrónomo, doctorarse y ejercer esta carrera durante numerosos años, en la actualidad se dedica exclusivamente a la literatura. Por sus libros para niños y jóvenes ha obtenido los principales premios que existen, entre ellos el Lazarillo, El Barco de Vapor por la obra *¡Canalla, traidor, morirás!*, el Ala Delta, el Elena Fortún y el Premio A la Orilla del Viento. Además, varios de sus libros han figurado en la lista "Los Mirlos Blancos", que elabora todos los años la Biblioteca Internacional de la Juventud de Múnich.

¿QUIERES LEER MÁS?

SI TE PARECE QUE **CON LA CABEZA A PÁJAROS** ES UN LIBRO DE FANTASÍA PERO CON MUCHA MIGA DETRÁS, PENSARÁS LO MISMO DE **¡POR FIN BRUJA!**, que cuenta la historia de Verde, cuya máxima aspiración es ser una chica normal y corriente, y no una bruja como su madre y su abuela. Y es que ¿quién va a aceptar como amiga o como pareja a una bruja capaz de cualquier cosa?

¡POR FIN BRUJA!
Marie Desplechin
EL BARCO DE VAPOR SERIE NARANJA, N.º 160

Y TAMBIÉN TE CONVENCERÁ **EL MAESTRO Y EL ROBOT,** que narra las peripecias de todo un pueblo cuando un robot se convierte en maestro de su escuela. La primera medida del robot consiste en proporcionar una descarga eléctrica a cada alumno al que se le ocurra pensar. ¿Pero se puede ser feliz sin pensar y sin soñar?

EL MAESTRO Y EL ROBOT
José Antonio del Cañizo
EL BARCO DE VAPOR SERIE ROJA, N.º 11

SI TE GUSTAN LOS MAYORES A LOS QUE DE VEZ EN CUANDO LES SALE LA VENA LOCA Y NO LES IMPORTA COMPORTARSE COMO NIÑOS, LÉETE **SILVIA Y LA MÁQUINA QUÉ**, una novela en la que un grupo de ancianos consiguen decidir por sí mismos y tomar las riendas de su vida con el único fin de ser felices.

SILVIA Y LA MÁQUINA QUÉ
Fernando Lalana y José María Almárcegui
EL BARCO DE VAPOR SERIE NARANJA, N.º 83

SI REIVINDICAS EL DERECHO A SOÑAR PARA QUE LA VIDA NO SEA ABURRIDA, TU LIBRO ES **PAPÁ POR UN DÍA**, protagonizado por un hijo y un padre que deciden intercambiar sus papeles durante veinticuatro horas. Claro que hay cosas que tanto chicos como grandes odian hacer.

PAPÁ POR UN DÍA
Hera Lind
EL BARCO DE VAPOR SERIE NARANJA, N.º 114